KB043316

은행잎 편지와
밤비 라디오

은행잎 편지와 밤비 라디오

초판 1쇄 2022년 10월 15일

글쓴이 | 이응인

펴낸곳 | 도서출판 단비
펴낸이 | 김준연
편 집 | 김정민

등 록 | 2003년 3월 24일(제2012-000149호)
주 소 | 경기도 고양시 일산서구 고양대로 724-17, 304동 2503호(일산동, 산들마을)
전 화 | 02-322-0268
팩 스 | 02-322-0271
전자우편 | rainwelcome@hanmail.net

ISBN 979-11-6350-065-0 43810
      978-89-967987-4-3 (세트)

값 11,000원

은행잎 편지와
밤비 라디오

이응인 시집

단비
danbi

귀만 켜 놓으면

퇴로 마을에 온 지 스무 해. 시는 골목길에서 마주치는 이웃들이 잠시 잠깐 건네주는 눈길이다. 찍어 놓은 자국이다.

텃밭에 고구마 순을 내고 마늘을 심고, 문 앞에 볼록한 비닐봉지를 두고 가는 이웃 할머니들. 막차에서 내리면 어둠을 덮어쓴 채 기다리는 마을버스 정류장의 긴 의자. 어둠을 몰아내는 새벽 경운기 쿵쾅대는 소리. 식당과 찻집이 생겨나고 늙은 모과나무와 은행나무가 사라진 골목. 그 어디쯤, 한순간 찾아온 고요가써 놓고 간 기록이다.

들릴 듯 말 듯 문을 두드리며 찾아오는 봄비, 매일 만나도 무

심히 인사 나누는 돗대산, 감나무에 매달린 마지막 홍시가 내 시다. 밤비가 연주하는 아늑한 음악이 있고, 텃밭과 감나무 대추나무 산수유와 주고받는 속엣말이 있고, 자연이 슬쩍 내보이는 위대함을 받아안다 휘청하는 순간이 있다.

그뿐이랴. 어제를 벗어던지고 날마다 새로이 피어나는 중학교 아이들, 아버지 떠나신 뒤 머뭇거리는 걸음과 혼자 되신 어머니를 떠올리는 나날들이 시로 다가왔다. 누군가를 미워하는 마음, 이름에 매달리고 뭔가를 자꾸 가지려는 마음을 내려놓고, 내가 누구인지 순간순간 놓치고 살아온 나날을 돌아보게 한다. 이번에 묶은 시들이 그 배후다.

잠시라도 그대를
가만히
놓아 주시길.
그냥
등 두드려 주시길.

밀양 화악산 자락에서
이응인

차례

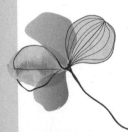

1부 | 잘된 일

그러니

미워하는 마음은 너만 다치게 한다.

이웃

쉬는 날 아침
문 앞에 놓고 간
비닐봉지 하나.

꿀잠 깨울 수 없어
살짝이 두고 간 마음
볼록하다.

가족회의

창고 옆에 훌쩍 자란
목련 나무를 베어 버리나 어쩌나
삐죽하니 키만 크고 쓸모가 없어
그래도 꽃 필 땐 환하고 좋잖아
거기 살구나무 심으면 어때
살구보다 단감나무 심어
제 맘대로 떠들다가
막내가 던진 한마디에 끝이 났다.

목련 나무는 새들이 사는 집인데
왜 우리 맘대로 해요?

부부싸움

할아버지 할머닌
그렇게 오래 살고도
왜 자주 싸우나요?

한 사람이 먼저 떠나면
마음 아플까 봐
정 떼느라 그러지.

고요

소리가 담기는 무지 큰 그릇인데

이게 없으면 늘 귀가 시끄럽다네.

구월 한낮

화단에 꽃무릇 올라온 걸 보고
수돗가에서
양치하고 돌아서는 사이
아이들은 유리창을 깬다.

저쪽 세상 하나가
열리는 순간이다.

밤사이에

골목에 나타난 자전거
"선생님!"
소리쳐 부른다.

어제 체험학습 가서
친구들끼리 지지고 볶다
나한테 혼나 눈물 찔찔 짜다가
엄마한테 일러바치던,

중1짜리
밤사이
새순이 돋고 활짝 피었다.

가을은

대추가 통통 익고
속이 보일 듯 감이 붉어지고
들판이 금빛 반짝이며
그렇게 오기도 하지만

상수리 열매가 떨어지고
산제비나비와 물잠자리가
땅바닥에 바스러져 사라져 가며
그렇게 오기도 한다.

우주 정거장

봄 텃밭에 심은
감나무 묘목이 죽어
뽑아버릴까 하는데

아득한 우주 저편에서
잠자리 한 마리 건너와
가만히 내려앉는다.

친환경 자가용

우리 할매 자가용은
기름도 넣지 않고
보험도 들지 않아요.
매연도 뿜지 않는 친환경에다
골목골목 못 가는 곳 없지요.
이웃 할매 만나면 그 자리가 주차장
당연히 경로우대 무료 주차고요.
참, 최신 태양광인 걸 빠뜨렸네요.
아침 해 솟으면 시동 걸고
해 떨어지면 마당에 세워 두는
바퀴 넷 달린,
나이가 면허증이고 번호판인
중고 유모차
저기 오시네요.

그렇다면

풀잎 위에 잠시
반짝이다 사그라드는 이슬도
어둠과 바람과 햇살 덕이라는데

이슬처럼 반짝이다
쉬 사그라드는 명성도
다른 사람들 관심과 박수 덕이라는데.

소유권 침해

상대가 화를 낸다고
그대가 열 받지 마시길.

화는 상대의 것이지
그대의 것이 아니지 않나.

잘된 일

텃밭에 일하며 부지런히 쓴 시
씻고 책상 앞에 앉으니
생각이 안 나네.

마, 잘됐다
갸들도 지 갈 데로 갔겠지.

봄비

새벽부터 찾아온 봄비.

비옷 걸치고 나가
천리향을 화분에 옮기고
수선화 꽃밭을 만들고
상사화 알뿌리를 나누고
다 젖은 발바닥으로
점심때를 훌쩍 넘겨서야
생각이 났네.

마냥 고맙기만 한 봄비.

예순

등만 맞대어도 닿는 온기가 좋으네.

아무것도 아닌 것들이 정말 좋으네.

우리 할매

아침저녁으로
어린 고구마 순
물 떠먹인다.
아,
밥 떠먹인다.

별에게 안부를

여기선
모든 게 별 일이야.

그 별은 어때?

이즈음 뒷산을 바라보면

상수리 굴참나무 새순이
청명 한식 휘리릭
달력 넘기는 소리 들리는 듯

아직 세상에 오지 않은
앳된 얼굴과 만나
눈인사 막 건네는 듯

내 안에 너그럽고
새로운 무엇이
문득문득 깨어나는 듯.

콩잎 벌레

해가 떠오를 때
기지개 켜는 콩잎은
복숭아나무에 앉은 비둘기 눈에는
꿈틀대는 한 마리 벌레.
콕 쪼아 먹는다.

저녁노을에 오그라드는 콩잎은
전봇대에서 앉은 까치 눈에는
고소한 한 마리 과자.
와삭 깨문다.

2부 | 들꽃은
일부러

밤비

귀만 켜 놓으면, 참 잘 들리는 음악.

엄마와 나 1

책을 막 펴는데
주방 쪽에서 엄마 목소리

"그만 놀고 공부 좀 하지."

"어, 공부하려고 해."

"또 거짓말하니?"

"거짓말 아니라니까!"

"마, 됐다. 공부나 해라."

엄마와 나 2

방문을 연 엄마의 첫마디

"너 왜 게임하고 있어?"

"허락 받고 하는데……."

"아빠 허락이 내 허락과 같아?"

엄마와 나 3

"사실대로 말해 봐."

"사실은 말이야."

"둘러대지 마!"

"사실대로 말하라고 했잖아."

"누가 엄마 말에 토 달라고 했어!"

"……."

"왜 말을 안 해!"

설거지 마칠 무렵

마지막 접시를 씻고 나자
어디선가 어슴푸레
관악기 소리가 들렸다.

남의 몸 말끔히 씻어 주고
싱크대 하수구로 사라지는 개숫물
시원하고 아득한 연주.

비 오는 날

시멘트 마당이 맨얼굴로 비를 맞네
화단 천리향 이파리 비를 맞네
창고 슬레이트 지붕 골골이 비를 맞네
나지막한 돌담 어깨가 비를 맞네

전봇대 옆 경운기도 비를 맞네
마늘밭 덮어 준 검은 비닐도 비를 맞네
골목의 매화도 산수유도 비를 맞네
갈아엎은 두 다랑이 논이 비를 맞네.

풍경

산 그림자 먼저 지나가고

새소리도 뒤따라 몰려가고

마을로 내려서는 길을 지우던 어둠은

농부의 등을 두드리며 호미를 거두어들인다.

농부는 그제야 허리를 편다.

홍시 하나

햇살이 어루만지다 남겨 둔 걸

바람이 혀를 대다 아껴 둔 걸

까치가 한입 먹고 숨겨 둔 걸

어라,

텃밭이 두 손으로 받아낸 걸

나도 한 입만 먹고 반은 남긴다.

은행잎 편지

선생님은
꽤 식견이 있는 분이라고 하는데
문자 메시지, 카톡이야
늘 보시겠지요.

제가 보낸 은행잎 편지가
문간에 도착했을 텐데
혹, 열어 보셨나요?

들꽃은

들꽃은 일부러

허리를 줄이지 않아.

들꽃은 일부러

꽃잎을 떼 내고 눈썹을 붙이지 않지.

들꽃은 일부러

굽을 높이고 코를 세우지 않아.

다만

개불알풀꽃은 그 작은 입으로
무슨 말을 해서
꿀벌을 불러 모을까?

봄비는 무슨 재주로
늙은 느티나무 가슴을 열어
연둣빛을 끄집어낼까?

나는 모른다.

다만
모르는 것 가득한 화음
한가운데 있을 뿐.

반가운 빗소리

어떤 분은
천도복숭아 꽃잎에 떨어지고

어떤 분은
그 곁에 앉은 직박구리 날개에 떨어지고

또 어떤 분은
처마 밑 맨바닥에 떨어져 떠돌고

또 어떤 분은
수만 년 꿈꾸러
아무도 모르게
땅속 깊이 사라져 가겠지.

장마 엽서

배고프다 울어대는 늙은 고양이 밥 퍼 주고, 처마 끝 단풍나무 아래 떨어지는 빗소리 주워 담아 아파트 사는 친구에게 보내고, 삶은 감자에 결명자 한 잔 다디단 아침을 건넨다.

좀 뚱뚱해지는 꿈

난 좀 뚱뚱해졌으면 해.
조그만 일에도 화를 버럭 내고
오로지 나밖에 모르는
이 마른 감옥에서 나갔으면 좋겠어.

마을 꼬맹이들 재잘거리고
궁시렁궁시렁 할머니들 잔소리가
푸근히 들어앉을 만큼 뚱뚱해지면
기분도 살짝 좋아지겠지.
우중충하고 두꺼운 안경은 맑아져
둣대산 산벚꽃이 더 또렷하겠지.

도랑 저쪽 덕걸과 못 둑 너머 사람들까지
광대나물 자운영 망아지 개똥까지
내 안에 다 들어서면 그땐
좋아서 팔짝팔짝 뛰겠지.

나하고 세상 사이에 말뚝이 없어지면

나 아닌 것 없이

그냥 죄다 툭 터져버리겠지.

연꽃 두 송이

노인 요양원을 운영하는 절 앞에서
연밭을 구경하는데

마을 이장님 앰프보다 높은
보살 두 사람의 악다구니가 들려왔다.

그렇거나 말거나
숱한 연잎들 사이로 연꽃은 피고 있다.

성호 선생 전집 책판
- 시헌 안희원(1846-1919) 선생의 뜻

정암공 할아버지께선 계유정난에 화를 당하시고, 모렴당 할아 버지께선 이곳 사포에 은거하셨지. 내 선조의 뜻 거스르고 벼슬 에 나선 것은 난세에 작은 힘이나 보태고 싶어서였네.

각설하고 선비와 농사꾼이 하나이고 양민과 천민이 하나인 성 호 이익 선생의 가르침은, 경세실용 넉 자로는 다 담을 수 없는 새로운 세상을 열었으나, 선생의 말씀은 겨우 필사로 전하고 있 으니 안타깝고 안타깝구나.

병술년(1886)에 서울 벼슬살이할 때, 여럿이 뜻 모아 선생의 전 집을 내자고 결의했으나, 시절 인연 못 만나 33년 세월만 잡아먹 고, 이렇게 누워 마지막 유언을 하는구나. 동생들과 집안 조카들 은 이 모렴당에서 목판본 전집 사업을 반드시 이루어 성호 선생 의 가르침 한 톨도 흘리지 말고 후세에 흘러가도록 하길 바란다.

내 비록 책은 못 보고 떠나지만, 서문은 여기 써 두고 가노라.

나라 잃고 울음 가득한 난세에 그대들만 믿는다.

—

1919년 3월 20일, 시헌 안희원의 장례식, 밀양 사람들은 상여를 따라가며 만세를 불렀다. 3년 뒤, 1922년 성호 선생 전집 책판이 완성되었다. 현재 1359개의 목판이 밀양시립박물관에 전한다.

아부지, 속담딱지

– 1939년 여름밤

아부지, 여기 속담딱지 한 번 더 읽어 봐.

어디 보자, 어린이 놀잇감 속담딱지라, 정가 이십 전 송료 삼 전.

아부지, 정가는 뭐꼬? 이십 전 내고 사야 된다는 말이지. 송료는? 배달부가 갖다주는 데 드는 돈이 삼 전이라. 그러마 이십삼 전이 있어야 하네. 아부지, 일거양득 거기 한 번 더 읽어 봐. 보자, 이 속담딱지는 놀잇감으로 훌륭할 뿐 아니라 좋은 말과 바른 글을 또한 알게 되는 것이니……. 아부지 이거 사 줄 거제? 알게 되는 것이니 일거양득 삼득의 놀잇감이다. 아부지 대답해. 속담 오십육 종을 골라 딱지 한 장에 한 가지씩 한글로 쓰고……. 아부지이이. 그만 읽을까? 아니 아니. 다른 오십육 매에는 그 속담에 맞는 그림을 그리었으니. 아부지, 그림하고 글하고 짝 맞추기제, 나 자신 있다! 꼭 사 줘야 된데이. 수수께끼 맞추면 다음에 사 주꾸마. 다섯 놈이 꿀 훔치러 갔다가 두 놈은 훔치고 세 놈은 못 훔친 게 뭐꼬? 흥, 코 푸는 거지 뭐. 더러운 코를 꿀이라 치면 그렇지. 그러마, 낮에는 올라가고 밤에는 내리오는 게 뭐꼬? 이불! 우째서? 낮에는 시렁에 올라가 있다가 밤에는 내리오거든.

아부지, 속담딱지 보내 돌라고 편지 좀 써. 글을 알면 내가 꽉
쓸긴데.

———

『속담딱지』: 1930년대 조선어학회에서 어린이 놀잇감으로 발간한 책
으로『한글』제73호(1939.12.) 252쪽 참고.

비데＋시

세상의 똥구멍을 한 번도 들여다보지 않은
향기로운 노래.

3부 | 집으로
가는 길

야들아

그냥 피어라, 꽃.

시

호미 들고
텃밭으로 찾아와도 좋고
마을버스 정류장
은행나무 아래 앉아 있어도 좋고
무소식도 괜찮다.

온통

등짝에 소금이 쩍쩍

이 찜통에 뛰어다니는 놈은
너밖에 없어.

아니요, 골목에 나가 봐요.
동네 잠자리들
다 나와 놀아요.

잘 알지

울 아버지
둑 밑에서 식당 하는 건
잘 아시지만

선생님은
내가
공 잘 차는 건
모르시면서.

동지섣달

가회 산골 마을 고갯마루에
돌감나무 하나.

동지섣달 찬 바람에
얼었다 녹고 얼었다 녹은 감.

산새들에게 젖을 물리는데
나무실 할매 쪼그라든 젖꼭지 닮았네.

그 자리

막차에 올라
시린 차창 곁

누군가 엉덩이로 데워 놓고
내린 자리

내 엉덩일 포갠다.
이 따뜻함, 낯이 익다.

망종 무렵

웬 새소린가?
창을 여니

마늘밭 가운데
동네 아지매들

자글자글자글
허리 펴고 있다.

집으로 가는 길 1

엊그제까지만 해도
그 자리에는
태권도 옷차림 초등 여자애였는데

오늘 보니
교복을 입은 여고생이
단정히 앉아 있다.

이 버스로
나는 얼마만큼 온 것일까?

가을

여기까지 오셨는데
그대 안에
빈 방석 하나쯤 마련해 두셨나?

퇴로3길

늘 마중 나오던 대숲과
은행나무도 그새 사라지고

물어볼 늙은 모과나무와
엉덩이 붙일 쪽마루도 사라지고

채마밭 자리에
식당 차들만 가득하고

택배는 잘 찾아온다는데
그리운 얼굴 찾기 어려운
퇴로3길.

은행잎 질 때

가장 빛나는 걸
다 내려놓은 순간

봐라,
저 눈부신 세상.

가을은

거두어들이는 때
아니,

받아 안는
아니,

안아 모시는
때.

땅거미 질 때

초저녁잠에 빠진 경운기

쿨룩거리며 멀어지는 막차

정류장 긴 의자에 혼자 뒹구는 마른걸레

뒷산 마루부터 웃담, 아랫담, 덕걸까지

차곡차곡 덮어 주고도 남는

저 검은 홑청에 폭신한 솜이불.

형님 외투

똥거름 냄새 배어

빨고 빨아도

안방 옷장 근처는 얼씬도 못하고

창고나 거름간 모퉁이

구부정한 허리로 내걸린

저 양반.

산다는 게

내가 별이고 구름이고 바람이고 먼지라는 걸 깜빡깜빡 잊는다.
그대가 나라는 것도 순간순간 놓친다.

봄

엄마, 봤어요?

마당 감나무가
손가락에 연두색 침을 발라
하늘에다 글씨를 썼어요.

보~옴.

동생 이응용

나보다 두 해 늦게 나와
동생이 된 그는
달리기를 해도 나보다 빨랐고
나뭇짐을 져도 나보다 무거웠다.
심부름 잘하고 싹싹해
마을 어른들이 자주 불렀다.

약하디약한 나는
공부를 핑계로 도회지로 나오고
그는 마을 대소사 바라지하며
고향에서 고등학교를 마쳤다.

대학을 졸업한 나는
시골 학교 선생이 되었고
고등학교를 졸업하는 그는
철강 회사로 세탁소로

부산으로 용인으로
옮겨 다녔다.

벌초 때면
동생인 그는 먼저 내려와
어탕을 끓여 놓고 숯불을 준비하고
형인 나는
늦은 밤에 도착해 밥 먹고 술 먹고
쓰러져 잤다.

누가 결혼하고, 누가 죽고
집안 소식도, 친구들 소식도
멀리 있는 그가
먼저 알려 주었다.

명절이면 달려와
부모님 사시는 집
전등을 갈고 출입문을 손본다.

나이 서른 이쪽저쪽
덩치 큰 조카들 앉혀 놓고
집안일, 자식 도리 하나씩 짚는다.

그는 고등학교를 나와
세상에서 배워 조카들을 가르치고
나는 대학을 나와
나만 아는 겉똑똑이가 되었다.

어둠을 몰아내는 법

닭들이 마을을 에워싸고
사방에서 목청 돋우어도
흘끔흘끔 눈치만 보던 어둠

부북 할배 경운기가 쿵쾅쾅쾅
골목 시멘트 바닥을 두드리자
흠씬 놀라 산밭으로 달아난다.

대숲에 남은 자잘한 어둠이야
참새들이 눈 비비며 털어내고
그 사이 골목골목 아침이 들어선다.

시「봄날 샘」을 읽다가*

　거기 황매산 자락에 기대어 사는 농부이자 시인인 여러분들을 떠올립니다. 눈 속에 망개 열매처럼 붉고 아름다운 이들. 나 여기 밀양 화악산 아래서 지그시 눈만 감으면 그대들 가득한 풍경이 열리나니. 착한 이웃들과 소와 염소들과 강아지와 추위 속에 팔을 치켜드는 마늘밭과 고라니와 멧돼지들에게 두루 인사 전합니다. 그대들이 모두 시인이어서, 시를 살아서, 세상은 맑고 아름답습니다.

---

*서와 시집 『생강밭에서 놀다가 해가 진다』에 실린 시

4부 | 붙들고
있으면

알고 있니?

진짜 좋은 건
좋은 거 없이
그냥 좋아.

어떤 택배

밤비가 깨끗이 씻어 놓은
마당 한가운데

까만 오디 한 알.

어디로 배달 가다 흘렸나
주소도 적어 놓지 않았네.

그도 저도 없이

애써 준비한 야외전시회
구경꾼 없을까
걱정인 이도 있지만

비가 와서
토요 축구교실 지도를 쉬게 되어
모처럼 두 다리 쭉 뻗는 이도 있지만

고르고 고른 날 비가 와서
출판기념회 손님들 불편할까
신경이 쓰이는 이도 있지만

못자리 만들자 비가 와서
빗소리 이불 삼아
늦잠에 푹 빠져 보는 이도 있지만

비는 그것도 저것도 없이
투닥투닥 그냥 오고만 있네.

위양지*에서

완재정 이팝꽃 그늘에 앉아
삼백 년 지그시 저무는 왕버들이
손끝으로 못에다 뭐라 쓰는지
한번 읽어 봐요.

물가 가만가만 걷다가
솔밭 아래 잠시 멈추면
사방에 때죽나무꽃 동글동글
당신만 보고 있어요.

조릿대와 서어나무
작고 흔한 것들이 만나
어떻게 깊고 아름다워지는지
위양지 와서 물어봐요.

꽃도 잎도 다 떠난 위양지

울지 말고 가만히 들여다봐요.

천 년을 기다려 온 당신

조용히 만나 보아요.

—

* 위양지 : 밀양시 부북면 위양리에 있는 저수지. 사철 아름다운 경치
를 즐길 수 있는 곳으로, 이팝꽃이 필 때 절경을 이룬다.

이름

놓고 가거라
제발 내려놓아라

그놈 가져가면
그놈에게 붙들려

쥐도 새도 모르게
너는 죽는다.

이제 생각하니

꽃 아닌 것 없는데

꽃을 찾다

눈만 멀어버렸네.

물러나 서로 받드는

- 퇴로리

깨춤 추며 나대는 이놈을
더는 못 보겠던지

이러다
사람 하나 영 못 쓰게 될까 봐
딴에 걱정이 되었던지

나를 지켜주는 신령이
회오리 속 까무러친 놈 건져

휙 내던진 곳
화악산 아래 퇴로리.

중학교 아이들과
철없이 살아온 나를

그나마 사람 꼴은

갖추었다고 봤던지

마을 한 편에 자리를 내주었다.

나서서 떠벌리지 않고

물러나 서로 받드는

물러날 퇴, 늙을 로

내 사는 곳 퇴로리.

집으로 가는 길 2

차를 몰아 집으로 가는 길

갑자기
휙 달려와서는
바퀴에 드르륵 하고는…….

무엇일까?
너구리 아니면 길고양이
아니면?

해는 지고

나는 집으로 왔다.
그는 영영
집으로 가지 못한다.

아버지 떠나실 때

9월 11일,
어머니 말씀으로는
아침에 찬물에 씻으시고는
평소처럼 낡은 소파에 누워 가셨다고 한다.

속옷 새로 내어 드리니 갈아입고는
"니는 허리 아파 내 수발 못한다"
하시는데 아무래도 눈빛이 이상했다고 한다.
손발부터 차가워졌고 마지막까지
관자놀이 부근은 뛰었다고 한다.

형님은 119에 전화를 하며 달려오고
집에는 사람들이 몰려와
정신이 하나도 없었다고 한다.

오 남매가 모여 5일장을 치렀다.
이승의 것 다 내려놓고
걱정 말고 가시라고 빌었다.

집착이 많은 분이 아니라
다 털고 본래로 돌아가셨으리라
참, 복이 많은 분이다
그런 생각만 들었다.

어머니는

떠난 아버지한테는 못하고
막내한테만 욕을 퍼부었다.

사업 망하고
단칸방 술만 퍼마시던 젊은 시절
십분의 일쯤 애를 먹이다 떠났으면
그래 너그 아부지 그만 잘 갔다
했을 것인데

혼인하고 농업학교 다니다
공부 갑갑해 자원입대할 때처럼
말 한마디 없이 훌쩍
아버지는 떠나 버린 것이다.

아버지 떠나신 뒤

혼자 남은 어머니가 저편에서
먼저 잘 있다고 하면
우리도 별일 없이 잘 있다고 한다.
혼자서도 잘 챙겨 먹는다고 하면
우리도 애들하고 잘 지낸다고 한다.

저녁 먹고 테레비 보고 있다고 하면
우리도 다 들어와 막 저녁 먹었다고 한다.
내 걱정은 요만큼도 하지 말라고 하면
손자들도 알아서 잘하고 있다고 한다.

없는 말 서로 주고받을수록
속은 젖어 울음주머니 부풀고
터지기 직전에서야
알아서들 전화기를 놓는다.

그 무뚝뚝한 아버지가

평소 그 무뚝뚝하던 아버지가
전화 걸면 30초를 못 넘기던 아버지가
이승을 훌쩍 떠나고 나더니
아버지답지 않게 불쑥불쑥 나타나
이것저것 캐물으신다.

나는 갑자기 말문이 막혀
무뚝뚝한 아버지 자리에
멍하니 앉아 있다.

아니, 아버지도 그렇지
아버지가 풀어야 할 숙제까지
저한테 물으시면 어쩝니까
그 참, 평소 아버지답지 않게시리.

붙들고 있으면

귀 어두워 잘 안 들려서
좋을 때도 있어.
다 들으면 복장 터질 때.

갑작스레 주머니 비어
안절부절못하다가
배우는 것도 있어.
남의 주머니도 한 번쯤
생각하게 되니까.

바쁘고 귀찮은 일에 휩쓸리다
다행이다 싶을 때도 있어.
평화롭게 살아야 되는 걸
금방 알게 되잖아.

소중한 이 떠나보내고
잠 못 이루며 얻는 것도 있어.
붙들고 있으면
다 잃는다는 거.

어머니의 절친

골목을 마주한 이웃끼리도

마스크를 끼고 대하는 요즘

팔순 어머니의 절친은

뒷밭 오르내리며 만나는 할매들이 아니다.

저녁이면 꼭꼭 전화를 걸어오는 딸내미도

막내아들도 며느리도 아니다.

저녁밥을 먹고부터

날이 밝아올 때까지

혼자 건너는 길고 긴 어둠의 터널.

사건 사고만 골라 전하는 뉴스를 끄고

살며시 잠이 들었다 깨면

머리맡 더듬어 폴더폰을 연다.

30분 잤구나.

텔레비전 다시 켜서
죽어라 대통령 욕만 하는 방송 듣다가
전기장판 불을 올리고 방송을 끈다.
눈을 감아도 잠은 안 오고
눈을 떠 봐도 잠은 달아난다.

손자들 취직 걱정을 하다가
추석 앞에 죽은 영감 생각이 나다가
코로나로 된서리 맞지는 않았나
막내아들 사업 걱정을 하다가
깜빡 잠이 든다.

눈은 저절로 뜨이고
버릇처럼 폰을 당긴다.
새벽 두 시, 세 시, 세 시 반
네 시.

열 때마다 표정 하나 바뀌지 않고
기다리고 있었다는 듯
눈을 환히 뜨는
폴더폰.

어머니와 함께 밤을 꼬박 새우는
절친이다.

긴긴해

언덕 밑 꼬부랑 장선불 할매
자식 자랑에 했던 이야기 또 하고
그래도 지겨우면 골목골목 찾아다니며
어제 만난 사람 또 만난다.

지나가는 노인 불러 떠들다가
코로나 퍼뜨린다고 구설수에 오르면
지팡이 끌고
손바닥만 한 산밭으로 올라간다.

소나무 그늘에 앉아
아삭고추며 마른 옥수숫대 헤아리다
이쯤이면 됐다 싶어 자죽자죽 내려와
대문 밀고 들어선다.

문이란 문 다 열어 놓고
후끈후끈 옥상에 올라
어제 했던 이야기 또 한다.

"아이고 징글징글해라.
그놈의 해가
금정산 위에 한 뼘이나 더 남았네.
사는 게 왜 이리 긴지 모르겠어."

세상이 낯설어지고

다이소에서 만년필을 샀는데
값이 천 원이다.
뭐가 잘못됐나 싶어
동그라미를 자세히 세어봐도
앞에도 뒤에도 크게
₩1,000이다.
펜촉도 뚜껑도 다 갖추고
리필용 잉크 카트리지가 5개다.
웬만한 국산이나 외제 만년필이면
스무 배, 백 배 비싸다.
제조국이 중국으로 되어 있는
만년필을 천 원에 사서 나오자
갑자기 모든 게 낯설어진다.

이 만년필 공장
비정규적 노동자의

하루 벌이는 얼마일까?
어쩌면 기계가 다 찍어내고
가내공업 같은 좁은 공간에서
가족끼리 몸통을 조립하고 있진 않을까?

하나에 천 원이면
수입할 때는 오백 원이나 육백 원에
가져올까?
이걸 만든 사람은 하나에
백 원이나 이백 원 남을까?
그럼 노동자들은 얼마를 받을까?

쓰다가 마음에 안 들면
천 원짜리가 다 그렇지 하며
쓰레기통에 넣고 잊을까?

천 원짜리 이 만년필로
무엇을 쓸 수 있을까?
아니, 무엇을 써야 할까?

숨은 시

시는
일당 13만 원 아슬한 아파트 신축 공사장에서
떨어져
구조대원 손길도 닿지 않는 곳으로
숨어 버렸다.

시는
두 평 반 시골집에 몇 날 며칠이고
어둠을 베고 누웠다.
문이 조금씩 지워졌다.

시는
전쟁이 터져
고국으로 돌아갈 길이 끊어진
공항 활주로에서
어디론가 증발해 버렸다.

이응인

1962년 경남 거창에서 태어났고, 1988년부터 교사가 되어 밀양에 있는 세종중학교에서 35년째 아이들과 함께 지내고 있다.

1987년 무크지 『전망』 5집에 '그대에게 편지' 외 7편을 발표하면서 문단에 나왔다. 이후 『투명한 얼음장』 『따뜻한 곳』 『천천히 오는 기다림』 『어린 꽃다지를 위하여』 『그냥 휘파람 새』 『솔직히 나는 흔들리고 있다』 등의 시집을 내었고, 함께 엮은 책으로 『선생님 시 읽어 주세요』 『밀양설화집 1,2,3』 『그래 밀양의 옛이야기 한번 들어볼래?』 『밀양문학사』 등이 있다.

2003년부터 밀양 화악산 기슭 퇴로 마을에서 텃밭을 일구며 자연의 품에 안겨 살고 있다. 그동안 경남작가회의 부회장, 밀양문학회 회장을 지냈고, 현재 세종중학교 교장을 맡고 있다.